# CAMPAGNE 1870-71

# QUELQUES SOUVENIRS

## ET APPRÉCIATIONS

PAR

### UN EX-OFFICIER D'INFANTERIE

« J'ai cru pouvoir accuser le général... quelqu', une
fois la guerre finie: il n'y a pas de petit officier qui
ne blâme, à tort et à travers, les opérations de son
général. — Beau métier que de juger des coups
quand les cartes sont sur table ! C'est lorsque tout
est incertitude et soumis aux calculs des probabilités que le métier est difficile; mais dans la circonstance, la polémique élevée à amené des explica-
tions, des récits et l'établissement de faits qui dé-
cident la question sans réplique pour tout homme
raisonnable. »

MARMONT.

(MÉMOIRES, t. VII, p. 128.)

## PARIS

### AMYOT, LIBRAIRE ÉDITEUR

8, RUE DE LA PAIX, 8

MDCCCLXXI

*Ex libris Germain*

# QUELQUES SOUVENIRS

## ET APPRÉCIATIONS

PARIS. — E. DE SOYE ET FILS, IMPR., 5, PL. DU PANTHÉON.

# CAMPAGNE 1870-71

# QUELQUES SOUVENIRS

## ET APPRÉCIATIONS

PAR

## UN EX-OFFICIER D'INFANTERIE

« J'ai cru pouvoir accuser le général... quoique, une
« fois la guerre finie, il n'y a pas de petit officier qui
« ne blâme, à tort et à travers, les opérations de son
« général. — Beau mérite que de juger des coups
« quand les cartes sont sur table ! C'est lorsque tout
« est incertitude et soumis aux calculs des probabi-
« lités que le métier est difficile; mais dans la circon-
« stance, la polémique élevée a amené des explica-
« tions, des récits et l'établissement de faits qui dé-
« cident la question sans réplique pour tout homme
« raisonnable. »

MARMONT.
(MÉMOIRES, t. VII, p. 128.)

## PARIS

## AMYOT, LIBRAIRE ÉDITEUR

8, RUE DE LA PAIX, 8

MDCCCLXXI

# A M. LE COMTE A... M...

*Que ces quelques lignes vous rappellent, Monsieur le Comte, le charmant accueil que j'ai trouvé chez vous pendant le siége de Paris et vous remettent en souvenir la profonde estime et la reconnaissante affection que vous porte*

L'AUTEUR.

Partis de Paris, le 20 août, pour aller rejoindre le corps du maréchal Mac-Mahon où se trouvaient déjà les deux premiers bataillons de notre régiment, et embarqués dans un train spécial, nous arrivâmes sans encombre à Reims vers les six heures de l'après-midi. Là, nos soldats dressèrent leurs tentes, et nous nous disposions déjà à prendre quelque repos, quand, vers minuit, on sonna le « Sac au dos! » Le commandant nous apprit que, se trouvant dans l'i-gnorance complète de ce qui se passait relativement aux mouvements du maréchal Mac-Mahon, il ne lui était pas possible de songer à le rejoindre; mais que notre mission étant de tâter l'ennemi, nous allions partir immédiatement pour battre le pays. Et l'on nous fit monter en chemin de fer.

Le train, dirigé vers Rethel, s'arrêta à la hauteur

1

du village de Pommaclé. Nous croyions rencontrer là une grand'garde prussienne. Après quelques hésitations le bataillon entra dans le village; mais l'ennemi ne s'y trouvait pas.

Le commandant prit toutes les dispositions nécessaires dans le cas d'une rencontre avec les Prussiens; mais la 2ᵉ compagnie, dont les hommes s'étaient avancés en tirailleurs, n'ayant pas trouvé d'obstacles, nous pûmes, sans combat, entrer dans Bazancourt, dont les habitants nous firent le plus cordial accueil.

L'ennemi était toujours signalé aux environs; bien qu'individuellement nous fussions tous disposés à le recevoir de la bonne manière, la position n'était pas tenable pour un bataillon isolé, sans artillerie ni cavalerie. Le commandant dut en juger ainsi, puisqu'il demanda notre rentrée à Reims. Il laissa seulement à la gare de Bazancourt une compagnie (la 1ʳᵉ), pour observer les mouvements de l'ennemi et se replier sur nous en cas d'attaque.

A Reims se trouvait déjà la division d'Exéa; nos tentes furent dressées à côté de celles d'un régiment de dragons. Les quelques jours que nous dûmes passer à Reims offrirent peu de variété : des exercices et des reconnaissances constamment infructueuses. Notre 1ʳᵉ compagnie, laissée à Bazancourt, aperçut, le troisième jour, des coureurs ennemis qu'elle chassa à coup de fusil; mais rien ne faisait prévoir une attaque sérieuse de notre côté.

Le soir du 3 septembre, la 5ᵉ compagnie fut envoyée en reconnaissance fort loin en chemin de fer; elle devait passer la nuit loin du camp, lorsque, vers trois heures du matin, nous entendîmes la voix du commandant : « MM. les officiers du 3ᵉ, sac au dos! » Nous étions tous convaincus qu'il s'agissait de voler au secours de notre 5°. Les sacs furent faits en un clin d'œil; en quinze minutes le bataillon était en ligne. Nous montâmes en wagon, bien étonnés de ne plus trouver aucune des troupes qui campaient avec nous. Nous étions les derniers qu'on expédiait en toute hâte devant les avant-gardes ennemies. Nos bagages n'ont pas eu le temps de se retirer assez vite; nous en avons perdu une bonne partie sur la route de Reims à Fismes. On parlait déjà vaguement du désastre de Sedan, de la captivité de l'Empereur et de tous les désastres qui venaient de s'abattre sur l'armée et sur le pays. On nous conduisit tout d'un trait jusqu'à Soissons, où nous dûmes attendre des ordres de Paris. Les uns prétendaient qu'on allait nous diriger vers le nord pour aller rejoindre Bazaine; les autres disaient que nous allions directement à Paris. Personne n'eut raison, nous restâmes à Sois-

sons, où nos soldats dressèrent leurs tentes à droite
de la division d'Exéa. Vers le soir arrivèrent les têtes
de colonne de l'armée du général Vinoy, qui avait
côtoyé l'ennemi. La nuit fut mauvaise; dès l'aurore
on nous dirigea sur un mamelon vert pour faire le
service d'avant-postes. Nous étions admirablement
embusqués, toutes nos dispositions de défenses étaient
prises; tout à coup la division d'Exéa s'ébranle et
monte en wagon. Nous fûmes forcés de suivre le
mouvement; on nous transporta à Dammartin, dernière étape avant la rentrée provisoire dans Paris.

La généralité des officiers regrettait la belle position de Soissons, qui, entourée de collines, domine
toute la plaine. Nous aurions pu y retarder la marche
de l'ennemi et donner aux généraux parisiens le loisir
de terminer leurs travaux défensifs. La précipitation
de notre retraite ne peut être expliquée que par l'i-
gnorance complète où nous étions des mouvements
de l'ennemi; il ne parut devant Soissons que plusieurs jours après notre départ. A Reims nous aurions
pu soutenir le choc de l'ennemi pendant quelque
temps. Des considérations stratégiques se seront sans
doute opposées à l'utilisation de ces forces qui devaient retarder la marche des Prussiens. Nous ne
pouvions cependant quitter sans regret d'excellentes
positions défensives. Il est probable qu'une semaine

de retard dans la marche de l'ennemi aurait donné le temps nécessaire à l'achèvement des redoutes dont on couronnait les hauteurs autour de Paris et dont les Prussiens ont su profiter si bien.

Nous rentrâmes dans Paris pour trois jours, après avoir connu toutes les fatigues et tous les désagréments de la campagne, sans avoir eu même la compensation d'un combat sérieux. Nous retrouvâmes notre bataillon de dépôt qui, à peine complété, fut enrégimenté avec nous. Notre 1er et notre 2e bataillons avaient été pris ou détruits à Sedan. On nous réexpédia, après deux jours de repos, pour Lagny et Meaux. Notre 4e bataillon se trouvait à Meaux avec le colonel ; nous gardions Lagny en poussant des reconnaissances en avant de nos lignes. Vers le 14 septembre, le bataillon reçut l'ordre de s'échelonner par compagnies pour garder les abords de la banlieue de Paris ; le 4e se replia sur Bondy. Nous commençâmes par occuper Villeparisis, avec des avancées sur la route de Meaux ; par la suite, notre 2e compagnie y resta ; notre 3e occupa le Pin et détacha une section à Vilvaudé et à Maugé ; notre 4e s'établit à Montfermeil ; notre 5e sur le chemin de Villeparisis à Claies.

Les coureurs ennemis nous talonnaient de près ; ils nous forcèrent à nous retirer encore sur Vaujours, Livry, Clichy, Montfermeil et Gagny. De Gagny, où s'établit notre commandant, nous étions en relations continuelles avec le fort de Rosny et le colonel résidant à Bondy.

A Paris, où l'on ne savait rien de positif sur la marche de l'ennemi, on faisait facilement planer le soupçon d'espionnage sur ceux qui le disaient encore éloigné. J'ai eu à m'en apercevoir personnellement. Après notre arrivée à Gagny, je partis avec quelques hommes pour battre le pays, et contournant Montfermeil par la droite, je passai près de Chelles et m'avançai vers Brou. Rentré sans avoir rencontré personne, je fus envoyé par mon commandant au fort de Rosny. Le lieutenant de vaisseau qui me reçut me demanda des renseignements sur la position des Prussiens. Je n'eus aucun scrupule de lui communiquer le résultat de ma journée et l'absence complète de l'ennemi dans les environs de Bondy, absence d'autant plus évidente, que nos avancées se trouvaient encore à la tour de Vaujours, à Coubron, à Montfermeil. Le susdit lieutenant me regarda de travers, et je sus par la suite qu'on avait pris des informations sur mon compte auprès du commandant. Ce petit détail suffira pour prouver qu'on n'était nullement éclairé sur la marche de l'ennemi.

Après deux jours de séjour à Gagny, on nous fit

monter sur le plateau d'Avron, où nous restâmes en observation. Le commandant laissa une compagnie, la 1ʳᵉ, à Gagny, et détacha la 2ᵉ et la 6ᵉ à Neuilly-sur-Marne. Nous restâmes sur le plateau avec les compagnies du centre. Pendant une de ces nuits, je fus envoyé en mission à Bondy, et je faillis être pris par les avant-postes ennemis qui s'étaient considérablement rapprochés. Le lendemain, nous restâmes encore sur le plateau; mais vers le soir, sur un ordre de Paris, force nous fut de l'abandonner en ralliant à nous la 1ʳᵉ, la 2ᵉ et la 6ᵉ compagnies qui avaient fait le coup de feu dans la journée.

La nuit fut passée en arrière de nos positions; elle est restée gravée dans ma mémoire. Un de mes sous-officiers, Camille Deslettres, en faisant sa ronde, fut tué par nos propres sentinelles... Nous reçûmes en outre plusieurs décharges dans le dos, que nous envoyèrent les gardes mobiles placés en grand'gardes derrière nous. L'ignorance de nos positions respectives étaient au moins aussi grande que celle de l'ennemi; on se fusillait à plaisir; tout le monde avait le Prussien dans l'œil; les imaginations frappées ne pouvaient retrouver ni sang-froid, ni équilibre.

Nos avant-gardes signalaient la présence des Prussiens à Gagny; et sur la route qui relie ce village à

Neuilly-sur-Marne; l'ennemi poussait ses védettes
jusqu'à la Maison-Blanche; Villemomble était encore
libre; les deux dragons qui s'étaient présentés sur la
route de Gagny avaient été chassés à coups de fusil.
Simultanément, avec l'abandon du plateau d'Avron,
notre 4e bataillon se retirait sur les hauteurs de Romainville, pendant qu'on nous installait à Noisy-le-
Sec, avec des avancées dans la direction de Bondy
et de Drancy. Le surlendemain, nous aperçûmes
des colonnes prussiennes qui nous présentaient le
flanc et longeaient la ligne de Soissons (Nord), par
Drancy et Groslay. Le fort de Noisy tira alors son
premier coup de canon. En même temps notre 5e et
6e compagnie rencontraient, dans Villemomble et sur
le canal de l'Ourcq, des avant-postes ennemis avec
lesquels elles firent le coup de feu. Malgré la pro-
tection des forts de Noisy et de Rosny, pour ne pas
gêner la défense en cas d'assaut, on nous fit gravir la
hauteur de Romainville, et l'on nous confia la défense de ses tranchées.

Tous convaincus encore que les Prussiens mon-
teraient à l'assaut, nous passions des nuits blanches derrière nos murs crénelés et dans les tranchées, regardant les feux ennemis, distants à peine
de quelques kilomètres. Cet état d'inaction dura à
peu près une semaine. Notre brave commandant,

Poulizac, voyant que ses troupes s'éreintaient à ce métier sans aucune compensation morale, prit l'initiative et descendit un beau jour avec nous dans la plaine.

Nous ne trouvâmes personne ni à Bondy, ni à la Folie-sur-l'Ourcq, et nous dûmes rentrer sans avoir fait le coup de feu, mais après avoir incendié ces deux villages sur l'ordre de l'amiral S... Il paraît qu'ils gênaient le tir de l'artillerie des forts. Quoi qu'il en soit, nous ne nous en tînmes pas là, et, le surlendemain, nouvelle sortie. Cette fois-ci, le bataillon, appuyé par de l'infanterie de marine, arriva jusqu'à Drancy; les Prussiens déguerpirent à notre approche; c'est là, qu'à la tête de ma section, j'eus le plaisir de commander des feux pour la première fois. Nous avions gagné du terrain, et je comptais bien, avec mes hommes, atteindre la ligne de Soissons, où se tenaient embusqués les Prussiens, quand on sonna la retraite. Emportés en avant par l'élan de la marche, nous nous trouvâmes compromis pendant un instant; ce qui me valut des réprimandes de la part des chefs, et quarante-huit heures d'arrêts forcés.

.. Mon camarade et ami Baget reçut une balle dans la jambe pendant cette escarmouche (1). Nous n'eûmes

(1) Rapport de l'amiral Saisset du 23 septembre.

que quelques blessés, la plupart par les tabatières de nos mauvais fusils. Nous n'en n'avions pas moins déblayé un peu le terrain, et nous pouvions désormais fixer, avec précision, la ligne d'investissement dans notre zône d'action.

Quelques jours après, nouvelle descente avec de la ligne et de la cavalerie (1). Les Prussiens nous envoyaient de la mitraille et des obus; mais ils ne voulaient pas livrer bataille. Ils avaient complétement évacué Bondy et, retranchés au pont de la Poudrette sur le canal de l'Ourcq, ils nous envoyaient des volées de féraille. Vers trois heures de l'après-midi, le canon de Noisy démonta leur batterie; ils cessèrent le feu, ou, du moins, ils ne le continuèrent que de fort loin; leurs projectiles tombaient tous en avant de nos rangs. Nous en fûmes quittes pour quelques blessés.

Nous descendîmes encore une fois. Une battue générale fut organisée dans la plaine de la Marne; l'engagement fut des plus vifs; quatre heures durant, nous restâmes exposés à une grêle de projectiles. L'ennemi avait démasqué une batterie à 300 mètres de nous, il nous envoyait des bordées très-meurtrières. Vers le soir le feu cessa. Chaque bataillon, enlevant ses morts et ses blessés, rentra dans ses

(1) Rapport de l'amiral Saisset du 30 septembre, II-6.

cantonnements. Je dois mentionner ici la belle conduite des compagnies de notre 4ᵉ bataillon, qui
avaient marché en tête de colonne (1).

Je n'en finirais pas si je voulais décrire toutes les
petites escarmouches que nous avons eues avec les
avant-postes prussiens (2). Vers le commencement du
mois d'octobre on nous donna l'ordre de nous établir
à Bondy. Nous y construisîmes une barricade à
500 mètres de l'ennemi. Elle barrait la route dite de
Meaux, de Soissons et de Metz. Les Prussiens tiraient
sur nous comme à la cible. On comprend bien qu'à
une aussi faible distance de l'ennemi, le service de
campagne se fasse avec la plus minutieuse exactitude; nous n'avions pas une minute de tranquillité.
Cette barricade est devenue mémorable depuis; elle
a été illustrée par la mort d'un de nos plus braves
capitaines, Burtin (3).

Nous faisions le coup de feu tous les jours, avec
très-peu de pertes. Notre commandant s'était mis en
communication télégraphique avec l'amiral Saisset
qui portait beaucoup de sympathique affection à

(1) *Journal Officiel* du 1ᵉʳ octobre 1870.
(2) *Ibidem,* du 2 octobre et du 3 octobre 1870.
(3) *Ibid.,* du 16 octobre 1870.
C'est bien notre 4ᵉ compagnie, capitaine La Jousse, qui réussit
à couper sous une grêle de balles le bosquet situé entre Bondy et
la Maison-Grise. Je relève ici une inexactitude du *Journal Officiel.*

notre bataillon et qui résidait à Noisy. Nous avions tous les jours des troupes du fort, et des visites d'officiers supérieurs. On entreprit même d'établir des tranchées, lesquelles, partant de notre barricade, couvraient tout le flanc droit du village et aboutissaient à la gare.

Cette situation dura jusqu'au 20 octobre.

Vers cette époque, à la suite d'un altercation regrettable entre les officiers de notre corps, le bataillon quitta Bondy, reçut l'ordre de prendre Drancy et de pousser une vigoureuse offensive au-delà. Il ne comptait en ce moment qu'environ six cents hommes, à la suite d'une incompréhensible désertion de la première compagnie. On nous donna comme éclaireurs un peloton de cavaliers. Drancy, où les Prussiens étaient revenus, fut promptement enlevé et nous poussâmes au-delà sur le chemin de fer de Soissons. Nos soldats montèrent à l'assaut ; les quelques postes prussiens qui se trouvaient retranchés sur la ligne furent très-vivement bousculés.

J'avais été promu quelque temps auparavant au grade de lieutenant officier d'ordonnance; je fus démonté (1) pendant ce combat sur le talus même du chemin de fer. Cela me valut une légère contusion à

(1) Deux balles vinrent frapper mon cheval. Comme il ne fut pas renversé du coup, j'eus le temps de mettre pied à terre.

la jambe; je ne fus pas forcé cependant de cesser mon service.

Nous restâmes à Drancy entièrement seuls, isolés du reste de l'armée, ne comptant que sur notre vigilance et sur la bravoure de nos soldats. Vous voyez d'ici la nuit que nous avons passée. Comme toujours, nous étions tous de grand'garde. Nous reçûmes du renfort le lendemain; c'était le 8e bataillon des gardes mobiles de la Seine, commandé par le brave Léger et son adjudant-major d'Albene.

C'est donc à tort que l'*Officiel* du 31 octobre prétend que Drancy n'avait été occupé que depuis vingt-quatre heures; il l'a été le 27 octobre à trois heures de l'après-midi. J'en appelle au commandant Salmon et à l'amiral Saisset.

Nous occupâmes le parc du marquis de Ladoucette, dont le château avait déjà été brûlé, et la partie nord-est du village. On nous prévint alors d'une attaque nocturne sur le Bourget, qui se trouvait à 1000 mètres de nous, et d'un mouvement général des troupes. Cette nuit-là en effet le Bourget fut pris et le matin nous avançâmes nos positions. Les Prussiens firent sans succès plusieurs attaques consécutives pour déloger nos troupes. Aux francs-tireurs de la Presse, qui avaient marché en tête de colonne, s'étaient joints des bataillons de la mobile et un bataillon de voltigeurs ; ce dernier tenait la gare. Le vendredi, dès le matin, le canon retentit, et bientôt une quantité d'obus s'abattit sur nos abris. Nos troupes possédaient très-peu d'artillerie : deux obusiers de campagne et une mitrailleuse, qui ne pouvaient répondre que bien faiblement à la formidable canonnade de l'ennemi. Le samedi se passa assez tranquillement, à part quelques tentatives de surprise de la part des Prussiens. Le lendemain était le 30 octobre.

C'était un dimanche. Le soleil s'était levé radieux, la journée promettait de nous être favorable, nos troupes ayant tenu les deux journées précédentes sous un feu meurtrier et les attaques réitérées de l'ennemi ayant été victorieusement repoussées. Couché sur une botte de paille avec mon ami et camarade de Laage, nous fûmes agréablement réveillés par les sons joyeux des clairons qui sonnaient la diane. Nous nous attendions à pousser une vigoureuse offensive. Une chaîne de tirailleurs, le ventre dans la boue, nous avait reliés les jours précédents avec la gare du Bourget.

Soudain une vive fusillade retentit au nord du Bourget ; le cri « Aux armes! » nous fit rejoindre nos postes de combat. Comme mon premier cheval avait été tué et que j'avais prêté mon second au commandant,

Salmon, j'avais repris le service d'une compagnie. A l'extrémité du parc du marquis de Ladoucette, sous une grêle de balles, nous devisions avec quelques camarades, sur les chances probables du combat; ordre était donné de ne pas tirer. Tout à coup nous voyons les tirailleurs d'avant-poste faire le coup de feu à reculons devant des colonnes d'infanterie prussienne, qui s'avançaient au pas de course en poussant des hourras frénétiques... Cela se passait à environ 600 mètres de nous, et nous étions là cinq mille hommes d'infanterie, armés de chassepots, avec l'ordre formel de ne pas nous en servir. Une rangée d'artillerie prussienne nous faisait face à 2000 mètres, de l'autre côté du chemin de fer de Soissons. Je comptai environ vingt bouches à feu qui, en somme, ne prenaient pas encore part au combat. Notre inaction me fut expliquée ensuite par la présence de ces canons! On verra ci-après si c'était une raison plausible.

Derrière les tirailleurs dont je viens de parler, une masse d'infanterie française se retirait en colonne débandée. Il était alors huit heures du matin. Le commandant passe à cheval. Je lui demandai ce que signifiait cette retraite :

« Parbleu! répondit-il, ce sont des troupes qui n'ont pas tenu. »

Les Prussiens avançaient toujours ; nous dévorions des larmes de rage, nous voyant sans ordre de marcher, avec défense de tirer à 600 mètres de distance. — Que craignait-on ? que le feu des Prussiens ne devînt plus vif sur nos positions ? Pourquoi alors ne nous avoir pas fait appuyer par un feu de cinq mille fantassins, les tirailleurs combattant au sud-est du Bourget qui tenaient encore ? Nous aurions détruit les colonnes prussiennes qui marchaient à l'assaut, et retardé, sans aucun doute, le mouvement tournant. — Pourquoi ? Voilà ce qu'on se demandait et ce qu'on se demande encore ; nos soldats pleuraient de fureur et criaient hautement à la trahison. Ils ne comprenaient pas qu'on fît si bon marché de leur dévouement et qu'on abandonnât la partie sans avoir même essayé de faire quelque chose. On ne peut s'en prendre qu'à la suprême direction des opérations militaires. Il est incroyable qu'à une demi-heure de Paris, il ne soit pas venu un seul officier d'état-major pour reconnaître nos positions, qu'on n'ait pas donné un seul ordre, qu'on n'ait pas envoyé un régiment de renfort, une seule pièce de canon. Le général Trochu, qui combinait de si beaux plans dans le silence du cabinet et faisait des conférences scientifiques à son état-major, ne se rendait pas compte certainement de la terrible responsabilité qui pesait sur lui par la mort inutile de tant de braves qui défendaient leurs positions quand même, conservant encore les traditions de l'ancien honneur militaire français. Pendant cette malheureuse campagne il est devenu de mode d'abandonner ses frères, de ne jamais venir à leur secours, de rester toujours dans l'inaction, — afin de ne pas attirer les feux de l'ennemi! Et ce même Trochu, qui laisse massacrer le peu de braves qui défendaient le Bourget au 31 octobre, exterminer les marins à ce même Bourget le 21 décembre, ose de nouveau dans ses bulletins faire parade de ses sentiments d'humanité : « Il nous faut, dit-il, un armistice pour relever les blessés (1). »

Ces médiocrités hypocrites qui nous ont exploités, nous ont trompés par des phrases pompeuses et sonores, ne sauront cacher leur nullité devant le jugement impartial de la postérité.

Le général Trochu aura beau faire de la rhétorique à la Chambre, il eût mieux valu qu'il fît acte de présence sur le champ de bataille au 31 octobre. Il dira que c'était un combat peu important; il n'y a pas de petite défaite pour une armée démoralisée, comme il n'y a pas de petite victoire. La prise du Bourget avait relevé le moral de Paris; sa perte

---

(1) *Journal Officiel* du 20 janvier 1871.

a causé une impression des plus pénibles, et le général Trochu, qui se dit homme politique aussi bien
qu'homme de guerre, aurait dû comprendre combien il était urgent de maintenir la position conquise.
Le Bourget, outre sa proximité de Paris, était une
position très-importante pour les deux armées;
bien fortifié, vigoureusement défendu, il aurait pu
servir de base à une sérieuse opération. Si ce village
avait été conservé, la journée du 21 décembre aurait
eu probablement d'autres résultats.

Dans les positions que nous occupions, le feu deve-
nait de plus en plus intense; nous étions couverts
de projectiles de toutes espèces. Les canons qui nous
lorgnaient depuis le matin commencèrent à se cou-
ronner de fumées blanches; malgré la courtoisie
dont nous avions fait preuve le matin à leur égard,
leurs feux ne nous épargnèrent pas; beaucoup de
nos chefs ont dû être surpris de ce manque de reconnaissance. Nous entendions, par bouffées, le bruit
de la lutte dans les maisons du Bourget. Vers une
heure de l'après-midi, les Prussiens étaient maîtres
de la position; ils tournèrent alors tous leurs efforts
contre nous. Le commandant Salmon rassembla
ses officiers; tous jurèrent de ne pas abandonner
Drancy, quelle que fût la force de l'ennemi. Ce n'est
qu'après la prise du Bourget, et quand on eut reconnu

que notre silence ne nous avait pas fait épargner par l'ennemi, qu'un bataillon d'infanterie de marine engagea une fusillade assez vive avec l'infanterie ennemie, qui s'était abritée derrière le talus du chemin de fer. Nous fûmes accablés par une grêle d'obus et de balles; ceux qui ne furent pas tués ou blessés reçurent au moins dans le visage la poussière de plusieurs explosions. Les horribles blessures produites par le feu de l'artillerie démoralisaient les soldats; ils auraient très-bien marché; mais leur moral était détruit par cette inaction forcée sous un feu meurtrier. Et qui pourrait s'étonner de voir le découragement gagner une troupe qui, pleine d'ardeur et de bonne volonté, demandait avec enthousiasme à voler au secours des camarades, et qu'on a forcée à les regarder massacrer de loin, pour l'exposer inutilement ensuite à être tuée derrière des murailles, accroupie dans la boue. Ce n'est pas par de tels procédés qu'on aguerrit le soldat, et surtout le soldat français. Il lui faut la marche en avant, le succès, l'action fiévreuse; ces mêmes fuyards alors deviennent des héros. Lassés par de vaines promesses d'action sérieuse, ne pouvant compter sur l'appui des leurs, nos soldats marchaient avec méfiance, se tournant toujours vers la ligne de retraite, et se croyant sans cesse coupés par l'ennemi, même sous les feux des forts de Paris.

Sur les trois heures arriva l'ordre d'évacuer Drancy; le commandant Salmon avait, en ce moment, mon cheval tué sous lui, ce qui ne coupa même pas la phrase par laquelle il communiquait l'ordre de retraite à notre commandant. Nous partîmes les derniers, à la gauche de la colonne, accompagnés par les obus de l'artillerie ennemie, qui creusaient des trous béants sous nos pas.

Je me rappelle être resté le dernier dans le village avec mon ami Maury, tué depuis; nous avions tous les deux les larmes aux yeux et la rage au cœur. Le commandant de l'infanterie de marine, croyant que nous voulions passer à l'ennemi, nous fit empoigner et ramener au corps.

Il faut que je signale aussi le calme et le sang-froid du capitaine Lajousse (4e compagnie), qui, sous le feu intense de l'artillerie ennemie, a sauvé les bagages et les munitions du bataillon.

Ainsi, trois jours de suite, nous nous sommes battus à la porte de Paris, sans avoir reçu ni un canon, ni un renfort quelconque, sans avoir vu un seul officier d'état-major venir reconnaître la position..... Ces faits sont assez éloquents pour se passer de commentaires.

Nous désirions tous un changement de gouvernement. L'extrême négligence de celui qui s'était mis à la tête de la défense de Paris, en ce qui concer-

naît les opérations militaires, nous rendait justement anxieux pour l'avenir. Le soir du 31 octobre,
nous apprîmes que l'insurrection éclatait à Paris ;
nous la trouvâmes bien légitime ; la dernière affaire
du Bourget nous avait donné la mesure du peu de
poids qu'on attachait au sacrifice de notre vie.

L'armée avait alors deux chefs favoris : Les généraux Ducrot et Vinoy. Ce dernier est peut-être le
seul pour lequel on ait gardé, même après la capitulation de Paris, du respect et de la considération.
Tout le monde, parmi nous, le désirait pour chef ;
il avait montré son énergie et ses capacités émi-
nentes lors de la retraite de Soissons ; il avait rem-
porté des avantages sérieux sur l'ennemi en nous
rendant le plateau de Villejuif, que les Prussiens
avaient occupé après la fatale journée de Châtillon.
On racontait au camp sa défaveur auprès du gouvernement de la défense nationale, ce qui lui conci-
liait doublement toutes nos sympathies. Malheureusement, cette insurrection qui aurait pu porter
de si bons fruits si elle avait été dirigée par des
hommes de guerre, échoua devant la réprobation
générale qui devait atteindre les ambitieux meneurs
du communisme. Le général Trochu se retrempa
dans un nouveau vote. J'avoue humblement avoir
voté « non » et je n'ai agi que comme la majorité

de mes camarades. Il devint alors évident pour nous
que, menée par un homme doué de peu d'énergie,
la défense de Paris marchait à grands pas vers une
catastrophe.

La capitulation de Metz, qui nous fut notifiée le
lendemain de la reprise du Bourget par les Prussiens, contribua à nous faire envisager l'avenir avec
peu de confiance. Un de mes camarades, un capitaine, s'écria : « Allons, c'est fini ! nous avons une
nouvelle Pologne ! »

Je crois que le gouvernement de la défense nationale avait eu l'intention de capituler aussitôt après
l'affaire du Bourget, l'insurrection du 31 octobre
et l'élan de la patriotique population de Paris du-
rent l'arrêter sur cette pente.

La situation était, à la vérité, singulièrement modifiée par la capitulation de Bazaine; il ne s'agissait plus d'aller le débloquer; on ne pouvait plus
compter sur son concours : il s'agissait d'attendre
une autre armée de secours, qui serait, à son tour,
harcelée par l'armée de Frédéric-Charles, rendue
libre par la reddition de Metz.

On comprendra aisément les fureurs de la presse
parisienne et de tous ceux qui connaissaient la situation contre Bazaine. Bazaine tenant encore à
l'Empire, ne voulant pas reconnaître le gouverne-

ment reçu par toute la France, livrant une forte-
resse inexpugnable sans avoir essayé une sortie sérieuse, capitulant au nom de l'Empereur, c'était Bazaine traître.

Il y a réellement jusqu'à ce jour des faits inexpli-
cables dans sa conduite : ses hésitations à donner
la main à Mac-Mahon; ses tergiversations encore
avant Sedan sous les murs de Metz; son inaction
pendant les premiers temps du siége, quand il avait
200,000 hommes de troupes d'élite sous lui : tout
fait soupçonner la bonne foi du chef. L'avenir, sans
doute, éclaircira ce mystère. Jusque-là, je préfère
croire à une faiblesse d'esprit, à un manque de talent et de capacité, plutôt qu'à une trahison qui, en
somme, ne lui aurait rien rapporté. Mais dans une
ville assiégée qui comptait résister à outrance, il est
fort compréhensible que la capitulation d'une armée
d'élite n'ait pu être interprétée autrement que par
la trahison.

Le profond abattement qui s'était emparé des es-
prits dura jusqu'à la nouvelle de la prise d'Orléans
par d'Aurelles de Paladines; alors tous les cœurs se
ranimèrent; ce fut un éclair lumineux qui traversa
notre horizon enfermé dans un cercle étroit de
nuages menaçants. Dire la joie et les folles espérances qu'on conçut alors est impossible : dans

toutes les imaginations, les Prussiens étaient battus
à plates coutures ; on espérait faire une campagne
d'Allemagne. La proclamation du général Ducrot
remplit les âmes de résolutions viriles ; on se préparait au grand jour avec le sentiment d'assurance
que donne l'espoir d'un succès.

Tout le monde connaît les incidents de la journée
du 30 novembre, du 1er et du 2 décembre. Les opérations ne réussirent pas. Par un fâcheux contre-temps
qui paraît accompagner le général Ducrot dans
toutes ses entreprises, elles furent contrariées et
finirent, malgré les bulletins de victoire, par la retraite de l'armée en assez mauvais ordre.

Il en résulta deux choses : 1° l'on pressentit un
désastre en province ; 2° l'on commença à croire qu'il
n'était pas possible de faire la trouée. Cependant le
général Vinoy, qui commandait une diversion au
sud, avait fait du chemin, et aurait certainement
enlevé Choisy-le-Roi, sans les contre-ordres du général en chef, « qui avait le bonheur d'être acclamé
« par les troupes sous un feu terrible. »

Le résultat de cette lutte de trois jours fut la réoc-
cupation du plateau d'Avron. Nous avons déjà eu
l'occasion de parler de ce plateau. Il n'avait jamais
été sérieusement occupé par les Allemands, le fort de
Rosny le protégeant. Malgré cette particularité, on en

a fait le plus grand cas dans les bulletins de victoire.

Le passage de la Marne s'était effectué avec beaucoup d'entrain ; mais nos troupes avancèrent peu. Le 2 décembre, à trois heures de l'après-midi, elles n'avaient pas dépassé le rayon des feux des forts, et Nogent tirait à toute volée à la fin de la bataille, pour protéger nos soldats. Les Allemands gardaient toujours les hauteurs de Noisy-le-Grand ; le feu ne cessa que quand l'inutilité des efforts de notre armée eut été bien avérée. Je n'ai pas à juger les généraux qui ont justement choisi, pour faire une trouée, un point de la circonférence qui présentait les difficultés suivantes : 1° passage d'un fleuve rapide et non guéable sous le feu de l'ennemi ;

2° Une rampe de plusieurs kilomètres dont la crête était couronnée par les batteries ennemies.

Il est probable que ce mouvement, si pompeusement annoncé, avait dû coïncider avec les opérations de la province.

Le plateau d'Avron, occupé par d'excellentes troupes qui croyaient s'y trouver sur un terrain conquis, fut fortifié par le génie ; on y établit des ouvrages qui devaient résister à un choc probable de l'ennemi.

Comme toujours, ce dernier massa son artillerie ; il la plaça sur les collines qui bordent le chemin de fer de Chelles-Soissons ; nos troupes furent forcées d'abandonner leurs positions, nos canons ne pouvant soutenir une lutte inégale, et l'armée étant généralement très-énervée par l'inaction sous le feu de l'artillerie. Il n'y a rien de si démoralisant que de se voir tuer inutilement. On nous massait toujours derrière les canons, de façon que tous les projectiles ennemis, destinés aux batteries, tombaient dans nos rangs et nous faisaient éprouver de cruelles pertes.

Encore un bon point à nos chefs.

Le jour où les opérations devaient commencer sur la Marne, outre la diversion effective du général Vinoy vers Choisy, qui fit beaucoup de besogne et peu de bruit, une brigade d'infanterie, avec de la cavalerie *se montrait* sur la route des Petits-Ponts et à la Patte-d'Oie (Croix de Flandre) pour faire diversion! Ils sont restés là les trois jours; je me trompe, ils se sont retirés le deuxième, sans avoir même essayé de chasser les avant-postes ennemis. La prise du Bourget et du Blancmesnil n'aurait-elle pas fait une diversion utile? L'inaction de ces troupes a sans doute fait sourire de pitié nos ennemis, lesquels, tout au plus, auront doublé leurs avant-postes.

Il faut rendre à César ce qui appartient à César. On peut ne pas nier le mérite du général en chef; il a beaucoup fait pour la fortification de Paris et l'organisation de l'armée; il est vrai que les talents et les connaissances militaires des généraux le Flô et Chasseloup-Laubat ont puissamment contribué à diminuer sa tâche personnelle; mais, pour Dieu! que ne se battait-il tout bonnement quand il fallait le faire, au lieu de continuellement hésiter!

Il fallait que la population fût réellement bien avide de bonnes nouvelles pour ajouter foi aux mensongers bulletins de victoire, signés *Trochu*. Une armée victorieuse, une armée qui veut percer les lignes ennemies marche en avant et n'est pas forcée à une retraite désastreuse. Ceux qui se disaient initiés prétendaient que toute cette affaire n'était qu'une feinte, et que, d'un moment à l'autre, commencerait la vraie action.

On a accusé Gambetta d'avoir souvent trompé le pays; mais n'a-t-il pas été lui-même induit en erreur par les comptes rendus mensongers du gouverneur de Paris?

Une foule d'anecdotes relatives à la grande victoire circulaient alors. On parlait d'un incident assez burlesque, survenu à un certain général qui aurait tué à coups d'épée un Bavarois ou un Saxon qui se rendait; d'un autre côté on prétendait que le commandement était plus qu'insuffisant pendant ces journées meurtrières, et qu'un des généraux (le général B.), après avoir manifesté son mécontentement au général commandant, avait jeté à ses pieds son épée brisée. Ces récits ne contribuaient guère à relever le moral plus qu'ébranlé de l'armée. Les chefs qu'on avait cru capables de mener une opération à bonne fin, perdirent alors la confiance des troupes.

La garde nationale n'avait pas donné dans la bataille ; elle formait un corps de réserve imposant par son nombre. Je dois m'arrêter ici un moment sur le caractère de cette milice citoyenne. Paris a fait pour sa défense tout ce qu'il était humainement possible de faire ; s'il n'a pas mieux réussi, la faute en incombe ou à l'impossibilité de la tâche, ou à l'incapacité des chefs. Paris a donné tout ce qu'on lui a demandé. Avec son sang et son or, il s'est livré pieds et poings liés à des chefs qui n'ont pas su profiter d'un tel élan patriotique. Malgré ce qui s'est passé depuis, je ne puis que rendre hommage à cette grande cité qui a su tirer de son sein une armée bien équipée, pourvue de tout le matériel nécessaire.

Les généraux qui n'avaient pas de confiance dans la garde nationale, laquelle pouvait cependant rendre de très-bons services, ne l'entraînaient pas au feu ; ils la laissaient dans la réserve sous le feu écrasant de l'artillerie ennemie. Nous avons mentionné plus haut que les vieilles troupes mêmes résistent difficilement

à une telle épreuve. Les Parisiens étaient bien déter-
minés à se battre, sauf quelques bataillons de lâches
et de misérables, bataillons de Belleville et de la Vil-
lette, ramassis de gens sans aveu, la plupart entrete-
nus par des femmes, formant la populace ignoble qui
distingue ces quartiers de Paris. La garde nationale
était remplie de jeunes gens pleins d'enthousiasme et
de bonne volonté, qui auraient admirablement marché si on les avait placés en tête de colonne. *On ne
les a jamais fait sérieusement donner :* jamais, au
grand jamais, ils n'ont excité autre chose que le dé-
dain des généraux et l'inimitié de la troupe, jalouse
de la solde élevée qu'on distribuait à la garde nationale. C'est un acte très-impolitique, de la part du
général Trochu, que d'avoir accordé des priviléges à
une troupe quelconque. Ils amenaient la division
entre les corps de différentes provenances. La garde
nationale imposait sans doute grandement à ce
« foudre de guerre » et il perce dans les dispositions
prises à son égard un grain de frayeur mal dissimulée
mêlé à une haine implacable.

Quoi qu'il en soit, ces préférences marquées à l'é-
gard de cette troupe devaient naturellement exas-
pérer la ligne et les gardes mobiles, qui faisaient,
pendant toute la durée du siége, le pénible service
d'avant-postes et de tranchées. Ce n'est que lorsque

les troupes commencèrent à marquer énergiquement leur mécontentement qu'on affecta certains batail-lons de la garde nationale à ce service.

Il fallait forcer la main au gouvernement de la défense pour qu'il fût équitable; aussi le faisait-on souvent dans des vues personnelles et partiales. Il n'y a certainement pas eu de gouvernement plus détesté à Paris. Il a su fomenter les discordes, aigrir les partis, mécontenter tout le monde; s'il ose encore aujourd'hui proclamer ses mérites du haut d'une tribune parlementaire, il donne lui-même la mesure de sa profonde nullité. Je l'accuse hautement d'avoir préparé l'insurrection de Paris, oui, surtout en se refusant à désarmer la garde nationale et en consentant au désarmement de l'armée qu'on savait hostile, parce qu'elle était compétente et qu'elle comprenait les fautes commises.

Revenons aux opérations militaires :

Notre quartier général se trouvait alors à Bobigny, où nous nous étions retirés après le combat du Bourget. Je dois rendre justice au commandant de marine, Salmon; il a toujours déployé une énergie et une activité très-méritoires; la mollesse de nos chefs suprêmes a uniquement causé notre fatale inaction du commencement de la journée. La marche en avant, même sans ordre, quand elle doit dégager des camarades compromis ou opérer une diversion utile, n'est-elle pas conciliable avec les principes de la discipline militaire? Il faut croire que non, puisque, depuis le commencement de cette malheureuse campagne, chacun se gardait bien de secourir un camarade; la minutieuse routine avait gangrené jusqu'aux chefs les plus intelligents et les plus braves, comme celui du septième corps d'armée, lequel aurait pu prévenir le désastre de Beaumont. Il est vrai que « la critique est aisée, l'art est difficile. »

Bobigny, encombré par notre brigade, fut fortifié par ordre supérieur, et mis en état de soutenir une attaque même sérieuse. Nos grand'gardes, établies aux cinq chemins et sur un petit mamelon bordant la route de Bondy, abritaient les travailleurs. Ces ouvrages, d'un mérite très-remarquable et exécutés avec la minutieuse exactitude du génie, reliaient le fort d'Aubervilliers à nos positions, et celles-ci au canal de l'Ourcq, à Bondy, occupé par une brigade. A Bobigny, comme ailleurs, la nature vaillante et aventureuse de notre commandant ne nous laissa pas de repos; nous fîmes plusieurs attaques heureuses sur les avant-postes ennemis, auxquels nous enlevions casques, sacs et munitions (1). Nos pertes étaient toujours insignifiantes; notre cher comman-

(1) *Journal Officiel* du 16 novembre.

dant savait si bien prendre ses mesures ! C'était bien
l'homme du coup de main; prompt à concevoir, rapide à exécuter, il avait les qualités d'un excellent
officier supérieur, et nous nous attendions tous les
jours à le voir nommer colonel, peut-être général.
Le sort en a jugé autrement; lui qui nous a conduits
si souvent au feu contre l'étranger, lui qui n'avait
qu'un seul dieu, l'honneur de nos armes; lui qui
poussait l'amour de son pays jusqu'à lui sacrifier
toutes ses ambitions, nous l'avons vu tomber, pendant cette déplorable guerre de Paris qui remplit
l'univers de dégoût et aliéna à la France presque
toutes les sympathies. Qui eût jamais dit que cet ar-
dent patriote, cet homme si éminemment doué de
toutes les qualités militaires, tomberait sous une
balle française?... Combien il eût mieux valu que,
tous, nous fussions morts avec lui au champ d'honneur!... Que de fois n'a-t-il pas charmé nos veil-
lées par ses souvenirs de Crimée et d'Italie! Que
de fois n'avons-nous pas vu couler à flots de son
cœur ses profonds sentiments de dévouement et
d'amour pour la patrie malheureuse et envahie! Il
savait apprécier à leur juste valeur les hommes et
les faits, et souhaitait, comme nous tous, des chefs
qui nous eussent conduits, au moins, à une mort
glorieuse.

Il pressentait parfois l'infamante capitulation de Paris; mais il se défendait de ce soupçon comme d'un cauchemar. C'était cependant le résultat nécessaire des hésitations politiques et militaires de ceux qui nous gouvernaient. Ils peuvent se défendre aujourd'hui, ces exploiteurs de nos dévouements, ils n'ont pas lâché le pouvoir, malgré leurs pompeuses devises, qu'ils auraient dû honorer au moins par le silence de la retraite.

Ces hommes qui affichaient de si beaux programmes pour gagner des partisans n'ont pas eu la pudeur de leurs engagements. Vous ne pouvez pas être assez maudits, vous qui avez entravé toutes les réformes même salutaires que tentait l'Empire, vous qui, une fois arrivés au pouvoir, avez prétendu vous y maintenir quand même... Le démenti scandaleux que vos actes ont donné à vos paroles et la réprobation générale qui vous entoure vous réservent sans doute une page glorieuse dans l'histoire... Je reviendrai encore sur ce chapitre.

La première moitié du mois de décembre se passa, pour nous, en petites escarmouches avec les grand'-gardes ennemies; escarmouches auxquelles nous exposait le service fatigant des avant-postes. Après la bataille du 2 décembre, on nous assigna de nouveaux cantonnements; le commandant dut s'établir à la Folie, près du canal de l'Ourcq, dans la maison de Rigolboche. Nos grand'gardes occupaient toujours Bobigny, et nous battions tous les jours l'estrade en avant de Drancy et de la ferme de Groslay, en nous avançant sur le talus du chemin de fer, vers Non-neville et Aunay-lès-Bondy.

C'est aussi vers cette époque qu'on activa fiévreu-sement les travaux dans la plaine, et que commença à circuler la nouvelle d'une grande sortie de notre côté. Vers le soir du 19, en effet, commença la con-centration des troupes; elle dura pendant toute la journée du 20. Le 20 au soir, notre bataillon reçut l'ordre d'occuper Drancy, d'y établir le télégraphe et de protéger les travaux de la construction des bat-teries. Le bataillon, divisé en trois colonnes, occupa Drancy sans coup férir; les vedettes ennemies s'é-taient repliées sur leurs grand'gardes postées au chemin de fer. Nous restâmes sur pied toute la nuit. Vers minuit, commencèrent à arriver les premières troupes, ayant à leur tête le commandant Parceval avec son bataillon; puis les divisions Berthaud et Pharon. Le corps entier du général Ducrot devait déboucher par Drancy et Groslay, tandis que la brigade Lavoignat, appuyant le mouvement des ma-rins de l'amiral la Roncière le Noury, devait en-lever le Bourget, et, probablement, pousser au-delà. Pour protéger ce mouvement à notre gauche, on avait établi de très-fortes batteries à la Courneuve. Celles qu'on préparait à Drancy devaient concourir de leur côté à l'attaque de Bourget. Tout le front nord-est de Drancy était, en outre, garni de fortes pièces de campagne (de 24). Nous étions protégés, à notre droite, par les pièces marines des batteries de la tannerie placées sur la route de Bondy, du pont de Bondy sur le canal de l'Ourcq, du petit mamelon près des cinq chemins, et par une formidable quantité de bouches à feu de campagne, marchant en arrière des colonnes d'infanterie. Notre objectif était naturellement le Blancmesnil, Nonneville, Aunay-lès-Bondy, et au-delà Tremblay–le–Grand. A Bondy, à notre droite, se trouvait l'amiral Saisset, avec ses marins et une brigade d'infanterie, qui, probablement, devait se poster en avant sur la route de Soissons.

Le général Vinoy devait agir à notre extrême droite en côtoyant le rivage de la Marne, et s'avancer sur Gagny, Villa-Evrard, Maison-Blanche, Chelles; cette marche tournait la position de Montfermeil. Jusqu'à ce jour, beaucoup ignorent, comme moi, l'endroit où l'action devait être la plus sérieuse, et celui où finissaient les diversions. Le général Vinoy poussa le plus loin en avant et engagea le mieux ses troupes.

Sans doute, les Allemands étaient prévenus du mouvement. On avait, pendant ce mois de décembre, travaillé activement dans la plaine aux épaulements et aux tranchées, sans se soucier des communications que pouvaient avoir les travailleurs avec l'ennemi.

Les Prussiens, pendant le brouillard et même à la clarté du soleil, venaient se mêler aux Français ; ils leur achetaient des journaux et leur demandaient des nouvelles. Par une négligence incompréhensible, on n'essaya même pas de remédier à ces dangereux rapprochements.

Une autre source de renseignements pour l'ennemi était cette population affamée qui descendait chaque jour par milliers des faubourgs, et qui, ne tenant aucun compte de nos remontrances, inondait la plaine, dépassait les avant-postes, malgré les coups de fusil, se laissait tuer plutôt que d'abandonner les quelques légumes qu'elle trouvait en avant de nos lignes. Les Prussiens avaient d'abord toléré cette récolte ; mais, voyant que nous profitions de l'occasion pour faire passer nos espions, ils commencèrent à chasser les trop hardis, d'abord par des menaces, ensuite par des coups de fusil. Sous ce feu meurtrier qui se croisait avec le nôtre, ces malheureux, poussés par la faim, n'en poursuivaient pas moins leurs recherches. Ils emportaient tous les jours leurs tués et leurs

blessés comme d'un champ de bataille. Les portes de
Paris auraient pu leur être fermées ; mais c'était
après le 31 octobre ; le gouvernement ne pouvait plus
compter ni sur l'armée ni sur la garde nationale, sauf
sur quelques bataillons de Bretons, qui juraient tous
par leur compatriote, le commandant en chef. Certains bataillons de la garde nationale et la populace
des faubourgs commençaient déjà, vers cette époque,
à se montrer très-hostiles aux troupes cantonnées
hors de l'enceinte. Il nous arriva plusieurs fois, à
mes camarades et à moi, d'être vivement apostro-
phés par la foule en entrant dans Paris ; et peu s'en
fallut que nous ne fussions assassinés par des gardes
ivres, un beau jour que nous nous présentions à la
porte de Pantin pour nous ravitailler.

La garde mobile était certainement la troupe la
plus disciplinée et la mieux élevée (si j'ose m'exprimer ainsi). Les officiers, presque tous jeunes gens de
bonne famille, donnaient à leurs soldats l'exemple de
la bravoure et de la bonne conduite, s'occupaient
d'eux et établissaient entre le *pioupiou* et l'épaulette
ce lien moral qui fait la force d'une armée. Ce lien,
d'ailleurs, n'existait presque plus ; le soldat, démo-
ralisé par les guerres d'Afrique et du Mexique, tournait tout en ridicule et coupait la parole à ses chefs
par des « lazzis » peu respectueux. La garde mobile

primait les autres troupes par sa discipline, sa bravoure et son dévouement.

Les Allemands, qu'ils fussent ou non avertis au
21 décembre de notre mouvement, semblaient être
indécis; ils attendaient probablement que l'attaque
se dessinât. Pendant toute la nuit on ne tira pas un
coup de feu, bien qu'une section de notre bataillon
se fût avancée jusqu'à 100 mètres de l'ennemi pour
couvrir les travailleurs. Ces derniers se mirent à la
besogne; mais soit manque de bras ou tout autre
empêchement, elle n'était pas encore terminée au
point du jour.

La journée devait commencer par un feu croisé de
nos batteries et de celles de la Courneuve sur le
Bourget; mais quand la Courneuve ouvrit son feu
vers les sept heures du matin, nos pièces n'étaient
pas encore arrivées. Nous les vîmes s'avancer à petits
pas; elles se mirent en batterie avec toute l'exactitude
de la manœuvre, et se trouvèrent prêtes enfin à commencer le feu, quand la Courneuve se tut, et que les
premiers coups de fusil, venant du Bourget, commencèrent l'engagement d'infanterie. Nous reçûmes
alors l'ordre de nous porter en avant, ordre qui fut
exécuté avec beaucoup de vigueur; en une demi-
heure, les retranchements de la ligne de Soissons
furent pris ainsi que la ferme de Groslay et le ter-

rain qui la sépare de Nonneville. C'est là que commencèrent seulement à nous arriver des obus allemands. Jusqu'à midi je n'ai vu à l'ennemi qu'une seule pièce de campagne; encore fut-elle démontée immédiatement.

A midi moins un quart les Allemands battaient en retraite; mais nous ne recevions pas l'ordre d'avancer. Nous entendîmes bien la fusillade du Bourget dans les intervalles de notre feu roulant; mais nous ne comprenions pas que, toute l'armée n'étant pas encore en ligne, on s'attardât tellement à prendre un village; il fallait le vouloir seulement. Il paraît qu'on ne l'a pas voulu. Pendant un moment nous crûmes qu'enfin nous allions aller au secours de nos frères; les régiments encombraient Drancy; après la prise du chemin de fer, nous ne demandions pas mieux que d'en finir avec ce malheureux Bourget. Non, on préféra nous laisser sur les positions conquises à plat-ventre dans la boue, exposés au feu de l'artillerie ennemie qui avait mis enfin ses pièces en batteries et nous accablait de projectiles, tandis que nos batteries, satisfaites d'avoir démonté une ou deux pièces, n'avaient pas profité de ce moment de répit pour charger. Il est vrai qu'il eût fallu se mettre au trot pour gagner du terrain. C'était bon pour des Prussiens !

On attendait, disait-on, la prise du Bourget pour continuer; pourquoi ne le prenait-on pas? Nous en étions à 800 mètres. Le 120ᵉ et le 121ᵉ de ligne en colonnes en étaient moins éloignés encore; les soldats ne demandaient qu'à marcher; le mouvement aurait, au plus, duré vingt minutes; et nos braves marins, enfermés dans les maisons du Bourget, n'auraient pas vainement attendu ce renfort tant désiré. On a préféré les laisser massacrer; et, chose triste à raconter, j'ai entendu de mes propres oreilles des officiers supérieurs se dire en souriant :

« Les marins se font brosser là-bas; laissons faire, ce n'est pas mal vu. »

Et voilà le métier!

L'ennemi recevait en artillerie des renforts considérables. Il établissait des batteries au pont Iblon, au Bourget (il n'en avait pas eu au commencement de la journée), au Blancmesnil, à Aunay. Nos pièces répondaient mal; et, malgré le dévouement de leurs servants et la direction habile des officiers de cette arme, elles ne portaient que rarement.

Quant aux mitrailleuses, à notre gauche, elles n'ont pas empêché l'ennemi de construire ses batteries; à notre droite, elles n'ont pas empêché l'infanterie allemande de déboucher par la forêt du Raincy. Vers trois heures, notre artillerie dégarnissait notre droite et se retirait dans la direction des cinq chemins. Les pièces de Drancy soutenaient encore le combat, mais sans résultat appréciable; vers cinq heures, le feu cessa; vers six heures, on mit sac à terre dans les tranchées de Drancy et de Groslay. Résultat de la journée : néant; autre résultat : une certaine quantité de morts et de blessés, et le massacre d'un bataillon de fusilliers-marins au Bourget. Voilà le bilan.

Le général Vinoy avait été plus heureux : secondé par son artillerie qui avançait, celle-là, il s'empara de Villa-Evrard et de la Maison-Blanche; il prépara son mouvement sur Chelles quand il fut averti que le Bourget tenait toujours, parce que, sans doute, *on ne voulait pas le prendre;* au moins n'y a-t-on pas mis beaucoup de bonne volonté. On n'aurait eu qu'à marcher sur Blancmesnil, en avant de Drancy; et le Bourget, débordé par la droite, tombait naturellement en notre pouvoir. Mais il n'est pas supposable que le Bourget ait été considéré comme l'objectif principal de l'attaque; nous tous qui avons été témoins de la journée, nous attendons encore avec impatience l'explication compétente de cette énigme.

Nos troupes, éreintées par une nuit blanche et une journée infructueuse, se couchèrent sur la terre froide, pour y essayer de dormir. L'extrême rigueur de la saison amena plusieurs cas de congélation. Tout cela pour pouvoir dire que l'armée avait bivouaqué sur le champ de bataille! Le commandant en chef dit dans son bulletin qu'il *avait espéré attirer l'ennemi sur un terrain préparé;* il s'étonne naïvement que ce dernier ne se soit pas rendu à l'invitation. Devant son refus obstiné on ne pouvait rien faire. — Est-ce bien sérieux?

A partir de ce jour, la confiance alla en diminuant; on parlait de négociations commencées, mais on se soutenait encore par l'espoir que la province arriverait à battre les Allemands et pourrait nous tendre la main.

Nous restâmes aux avant-postes, harcelant l'ennemi par des attaques nocturnes. Le 2, le 3, le 8, le 14 janvier nous fîmes des sorties. Dans ces combats tombèrent mes chers camarades et amis Ruel et Maury (1).

Les pertes que nous éprouvions nous étaient d'autant plus sensibles que le jeu ne valait pas la chandelle, la prise de quelques Prussiens ne pouvant compenser les vides formés dans nos rangs.

A l'attaque du 14 au 15 janvier, notre comman-

(1) Rapports à *l'Officiel* du 4 janvier 1871, du 11 janvier 1871, et du 16 janvier 1871. Dans l'affaire du 3 janvier, notre 3e compagnie, capitaine Rozet, s'est particulièrement distinguée.

dant, appuyé par un bataillon des francs-tireurs
de la ligne (commandant Deloffre), avait reçu l'ordre
d'enlever la ferme de Nonneville.

Il prit admirablement ses dispositions. Notre
6ᵉ compagnie devait partir de Groslay, où nous
avions un poste avancé, passer entre la ferme de
Nonneville et le chemin de fer, et tourner cette ferme
par la gauche. Nos 2ᵉ, 3ᵉ, 4ᵉ, 5ᵉ prenaient la droite
et devaient donner l'assaut à la grande porte co-
chère, défendue par des murs crénelés et des travaux en terre. Le mouvement devait se faire la nuit
vers les onze heures. Il faisait un brouillard intense.
Le commandant se mit à la tête de la colonne du centre; nous devions marcher au premier coup de fusil.

Notre 6ᵉ compagnie partit vers les onze heures en
laissant sur la gauche le bataillon de la ligne qui
devait accueillir l'ennemi par une vive fusillade,
s'il tentait de nous tourner. Avec le reste des troupes
nous nous avançâmes de front. Cinq minutes à peine
s'étaient écoulées que nous entendions le premier
coup de feu et que l'action s'engageait sur la gauche,
où se trouvait notre 6ᵉ compagnie. A notre droite,
calme parfait; ce qui nous surprit. Nous tombâmes
sur les védettes ennemies et marchâmes en avant à
la baïonnette, malgré le feu intense qui nous as-
saillit. L'ennemi, bien qu'il fît du brouillard, de-

vinait notre position et tirait au jugé avec un incroyable succès; nous eûmes immédiatement des
pertes sensibles. Arrivés sur les retranchements, bientôt franchis au pas de course, nous pénétrâmes dans
la ferme où l'action se compliqua. Au lieu de rencontrer notre droite garantie par la colonne qui devait attaquer à droite (2°, 3°, 4° et 5°), nous y trouvâmes l'ennemi fortement retranché, qui nous ac-
cabla d'une grêle de balles. Notre 6°, qui avait con-
tourné la ferme sous le commandement du capitaine Picciotto, fut compromise un instant, comme
nous, par l'inexplicable absence de notre colonne à
droite. On se fusillait à bout portant, les officiers
usant des armes des soldats tombés. Le lieutenant
Maury fut tué et le capitaine P... fait prisonnier. Nos
soldats tombaient comme des mouches (1).

Nous tenions toujours cependant, espérant que
la colonne principale viendrait enfin à notre aide.
Après quelque temps de lutte inutile, le commandant
ne voyant rien arriver nous fit battre en retraite, en
emmenant nos prisonniers. Notre tâche était remplie,
malgré l'absence de nos principales forces sur le lieu
du combat; la nuit et l'épais brouillard leur firent

(1) De trois officiers de notre 6° compagnie il ne reste que le
sous-lieutenant Hérouart, un des plus braves et des plus méri-
tants de notre bataillon.

prendre une fausse direction; elles marchèrent toute
la nuit, errant entre nos retranchements et ceux de
l'ennemi, accueillies des deux côtés par des feux
meurtriers. Ce fut notre dernière attaque de nuit (1).

Depuis, canonnés nuit et jour par les batteries
prussiennes, nous restâmes sous le feu jusqu'à la
conclusion de l'armistice. On nous laissa dans nos
cantonnements, lors de l'affaire du 19 janvier, la
seule à laquelle je n'aie pas assisté. Je me borne à la
mentionner. Le général Ducrot est encore arrivé trop
tard; pas assez tard cependant pour expliquer l'in-
succès de la journée. L'extrême mollesse du commandant en chef, le peu de dignité de son bulletin,
nous firent entrevoir une capitulation prochaine;
elle ne tarda pas, effectivement, à être négociée et
conclue. La population, comme l'armée, en fut in-
dignée; les Parisiens ne voulaient pas se rendre, ils
étaient prêts à tous les sacrifices.

L'insurrection qui éclata après la capitulation
n'avait pas de caractère social tranché à son début;
c'était avant tout une insurrection contre le gouvernement de la défense nationale, qui méritait un châ-
timent.

(1) Je me plais à reconnaître ici la belle conduite de M. Nacra,
sous-lieutenant au bataillon du commandant Deloffre, ainsi que
celle de M. Gravelotte, lieutenant d'artillerie.

M. Jules Favre est cause de tous les désastres qui s'ensuivirent. Au lieu de se retirer devant le vœu activement affirmé de ses électeurs, il ne voulut pas quitter le pouvoir, il n'eut pas le courage de désarmer la garde nationale; mais il eut la force de faire des lâchetés pour se garantir l'appui de l'assemblée éminemment réactionnaire de Bordeaux.

Il ne faut pas se méprendre sur le caractère primitif de la Commune de Paris; l'idée qui la dominait d'abord était le refus de sanctionner une capitulation honteuse; cette idée fut ensuite adroitement exploitée par des aventuriers et des gens sans aveu. Je reviendrai autre part sur ce sujet.

Wiesbaden, mai 1871.

Je tiens à exprimer à cette place l'assurance que je n'appartiens à aucun parti. Le seul qui convienne à un soldat es celui qui a pour devise : « Tout contre l'ennemi. » Si, dans le courant de ce récit, il se glisse parfois des paroles amères, c'est uniquement le résultat de la déception de nos espérances et de l'inutilité de tant de sacrifices.

Ce qui précède donne un exposé succinct de la campagne d'un seul bataillon. — Les remarques que je me suis permis de faire peuvent s'appliquer à toutes les opérations entreprises autour de la capitale. — L'armée de Paris possédait d'excellents éléments. Bien que les troupes fussent neuves, elles étaient aguerries par les combats qui se livraient continuellement aux avant-postes. Malheureusement, l'homme de génie qui se révèle quelquefois dans de semblables circonstances ne se trouva point; et les habitants de la capitale s'aperçurent trop tard qu'ils avaient mal placé leur confiance. Si on avait seulement suivi les principes élémentaires de la défense d'une place assiégée, on aurait pu obtenir de meilleurs résultats. Le grand vice de la défense de Paris a été le manque de confiance des chefs. On entendait sortir de leur bouche des paroles qui devaient nécessairement ramollir les hommes les mieux trempés.

Examinons maintenant les possibilités qui pouvaient favoriser le succès d'une résistance plus ou moins mémorable.

Paris, ville internationale, n'était aucunement préparée à subir un siége de plusieurs mois. Les généraux convaincus, je ne sais par qui, que l'investissement complet était chose impossible, ne comptaient pas être privés de leurs communications avec la province, lors même que l'ennemi se trouverait sous les murs de la grande cité.

La délégation de Tours fut d'abord une mesure de précaution, et destinée à remplir des fonctions subalternes. M. Jules Favre, après avoir si imprudemment refusé les propositions de M. de Bismarck à Ferrières, se mit à organiser la victoire en compagnie du général Trochu, qui avait rempli jusque-là un rôle assez équivoque. En effet, appelé aux fonctions de gouverneur de Paris au moment où l'Empereur essuyait des revers à la frontière, il ne parut, le 4 septembre, ni aux Tuileries ni ailleurs, et laissa faire, persuadé que sa savante modestie et ses belles proclamations lui vaudraient le titre de général en chef.

Nommé président du gouvernement de la défense nationale par des camarades qui ne le connaissaient pas assez, et qui se sont depuis repentis de leur choix, il commença à construire autour de Paris des redoutes, dont l'achèvement demandait au moins deux mois de temps. « Il est impossible que les Prussiens marchent sur Paris » disait-il sans doute, comme il s'était dit auparavant : « Il est impossible qu'on investisse Paris. » Les redoutes ne purent être achevées à temps; incapables de protéger quoi que ce soit, elles furent vite enlevées; au lieu qu'un système de fortifications passagères aurait mis les positions à l'abri. Mais le général Trochu n'avait pas la foi; il ne voulait pas la guerre. En homme expérimenté, il aurait dû cependant apprécier à leur juste valeur les probabilités de la résistance, et ne pas jeter à la face de l'ennemi un programme irréalisable.

Tout le gouvernement de la défense nationale est solidaire des paroles imprudentes de M. Jules Favre. Il a donné à ce moment une preuve éclatante de son peu de maturité politique. Chef de l'opposition quand même sous l'Empire, empêchant toute réforme lors même qu'elle était salutaire, ennemi de la garde mobile, avec des idées irréalisables pour son époque et couvertes de belles phrases, il a fait encore plus de mal à sa patrie par ses fausses appréciations politiques, qu'il couvrait de son autorité, qu'il n'en a fait depuis par ses enfantillages pendant la guerre. S'il ne voulait pas traiter raisonnablement à Ferrières avec M. de Bismarck, c'est qu'il craignait une restauration bonapartiste; en ce sens, la lettre que le prince Napoléon vient de publier ne manque pas de justesse. Au risque de précipiter le pays dans

4

une de ces catastrophes qui le mettent à deux doigts
d'une ruine complète, il préféra *tout* à la restaura-
ion bonapartiste. Jetons un coup d'œil sur ce règne
tant décrié.

Napoléon arriva au pouvoir à la suite d'un coup
d'État. L'histoire nous donne sur cet épisode des
détails très-incomplets; l'entourage de l'Empereur,
composé de gens d'estoc et de corde, saua son avé-
nement au trône par des abus de toutes espèces.
Quant à Napoléon III, on ne peut pas nier qu'il ait
conservé le caractère démocratique qui reparaissait
si souvent sous la pourpre impériale de son oncle.
A en juger seulement par les faits accomplis, Napoléon III a pu être gratifié du nom de *rêveur politique.*
Il faisait de la politique de sentiment à l'extérieur et
à l'intérieur; ceux qui l'ont poussé de plus en plus
dans cette voie ont précipité sa chute. C'est lui qui
a laissé s'accomplir l'unité allemande pendant la
guerre entre la Prusse et l'Autriche; c'est lui enfin
qui a mené à bonne fin l'unité italienne. Personne
n'en doute, excepté les gens de mauvaise foi. A l'intérieur, il méconnut son pays quand il crut le moment venu de lui accorder des réformes libérales.
Les menées du socialisme avaient détruit en France
beaucoup de ces principes fondamentaux qui for-
ment jusqu'aujourd'hui les bases des sociétés, et

surtout celles d'un État constitué. C'est peut-être
l'aurore d'une civilisation nouvelle; mais au point
de vue de nos relations actuelles, si la France souffre pour l'humanité entière, comme le proclament
quelques imbéciles, elle souffre surtout par elle. Il
est facile de mettre quelques noms étrangers en
avant et de dire que ses maux sont dus à quelques
aventuriers; mais que fait le reste des citoyens ?
Sont-ils donc tous des lâches? Assurément non, le
mal gît autre part.

L'aurore de cette nouvelle civilisation a gangrené
la majorité des populations urbaines en France, au
point de rendre le pays indifférent, et de produire
la désunion pour toujours entre les classes sociales;
— que dis-je, la désunion? la haine quand même,
implacable, irraisonnée, injuste.

M. Jules Favre en a lui-même donné l'essor
et l'exemple, en substituant à la froide raison de
l'homme d'État le langage passionné et scandaleux
d'un rhéteur de place publique.

Napoléon voyait bien ce manque de principes; il
comprenait parfaitement que les sentiments d'un
rang élevé, tels que le patriotisme, la morale publique, le respect des lois, ne se trouvaient plus dans
tous les cœurs; que l'honneur militaire pouvait seul
unir ses sujets dans un commun enthousiasme, et

consolider un gouvernement quelconque. Il devait donc désirer la guerre; mais, contrairement à ce qui a été généralement dit, il ne la désira pas. Paris lui à forcé la main; Paris voulait la guerre et le pays entier avec lui. J'ai parcouru la France pendant la concentration des troupes; j'ai été à même de voir partout cet enthousiasme belliqueux qu'on s'efforce de nier aujourd'hui. J'ai assisté aux séances de la Chambre, encore avant la déclaration de guerre, j'y ai vu toute la mauvaise foi de la gauche; M. Jules Favre demandant l'armement immédiat de la garde nationale, pendant que les mobiles parisiens fomentaient la discorde au camp de Châlons. M. Jules Favre était un communeux sous le ministère Ollivier.

Le gouvernement de la défense nationale ne comptait dans son sein que deux hommes qui eussent pu être à la hauteur de la situation : MM. Dorian et Gambetta. Les circonstances malheureuses et surtout la fâcheuse influence des deux présidents ont annulé les qualités de ces hommes, et ôté toute efficacité à leurs efforts. Les deux médiocrités qui se mirent à la tête du gouvernement de la défense suffirent pour détruire tout ce que les autres membres auraient pu faire d'efficace et de méritoire. Il est vraiment malheureux pour la France qu'elle doive regarder en silence les deux ex-présidents qui, sans aucune pudeur politique, se mettent continuellement à cheval sur leur modestie et leur honnêteté. Assez de phrases, vous nous avez bien montré ce que vous valez, n'éclaboussez pas ceux qui ont péché par trop de dévouement, et ne les rendez pas solidaires de vos discours parlementaires.

Il suffit d'examiner les paroles des deux présidents du 4 septembre pour constater la mensongère hypocrisie qui préside à leurs actions. Le général Trochu, dans son discours du 14 juin, dit que Gambetta n'a jamais tenu compte de son plan dans ses combinaisons militaires. Mais Trochu lui-même dit donc qu'une seule personne le connaissait : M. Jules Favre. — Le général Trochu, c'est encore un augure. Du moment qu'il avait conçu un plan, pourquoi ne l'a-t-il pas exécuté? Il se justifie par l'armée de la Loire et le courant de l'esprit public.

M. Trochu dit (1) : « Gambetta me somma d'aban- « donner mon plan qui allait être exécuté, et il « me fallut transporter de l'Ouest à l'Est tous les « préparatifs que j'avais faits. » Qui donc avait le droit de vous sommer, vous, président, vous, général en chef? Vous deviez sentir dans votre for

(1) *Une page d'histoire contemporaine*, par le général Trochu.

intérieur, que ce n'était pas vous l'homme de la situation; autrement la sommation de M. Gambetta
n'aurait pu faire avorter ce plan fameux et dérober
à l'illustre gouverneur de Paris la gloire d'avoir ré-
solu le beau problème militaire. Quant à M. Trochu,
pourquoi a-t-il signé des décrets contraires à ses
opinions et pris des mesures militaires contre ses
convictions, lui, homme du métier? Il répond :
« Vous en parlez bien à votre aise; lorsqu'on ne
signe pas on se retire; et je considérais ma démission
comme une lâcheté. » Personne ne sera de votre avis,
monsieur Trochu; vous pouviez parfaitement céder
la place à un autre et prendre le commandement
d'une division. On ne vous aurait pas fait alors le
reproche de lâcheté; mais il eût fallu se dessaisir de
ce pouvoir tant ambitionné; il eût fallu faire place
à un autre qui, peut-être, aurait eu plus de bonheur.
La postérité eût dit que le général Trochu avait dû
avoir un remplaçant; et le grand augure mystérieux
eût perdu tout son prestige. On comprend aisément
que cela ne se pouvait pas; Trochu était convaincu
qu'il faisait mal, mais il se disait que « c'était une
héroïque folie qui devait finir par une catastrophe. »
Il mettrait donc ses fautes sur le dos de M. Gambetta
quand le temps en serait venu; c'est-à-dire après la
fin. « Jamais général en chef n'a rencontré un ac-

« cident plus douloureux; et j'étais convaincu que
« je perdais dès lors la ligne de Rouen. » Pauvre
général en chef! cet implacable Gambetta te gâtait
tout ton plan. Tu avais du reste prévu dans ton tes-
tament que cela finirait mal; et, malgré cela, tu as
accepté, tête baissée, le programme de M. Favre;
tu n'as pas voulu traiter et tu n'as pas voulu capituler. On t'a forcé la main pour prendre ce pouvoir
que tu ne voulais pas lâcher, sous prétexte que
personne ne saurait mieux que toi conduire la
barque.

En parlant de la bataille du 21 décembre, le général Trochu se plaint amèrement que l'ennemi ne
lui ait montré que ses canons, et qu'il ait eu l'extrême impertinence de lui cacher son infanterie.
De telles assertions sont-elles sérieuses? Est-ce bien
un général français qui parle? Un homme tant soit
peu du métier ne doit-il pas pouffer de rire en en-
tendant de pareilles inepties (1)? C'est à faire croire
que les Allemands avaient laissé leurs canons sans
aucun défenseur, et que notre vaillante infanterie
en a ramené plusieurs centaines, sans rencontrer
l'ombre d'un seul fantassin. Les fusilliers-marins seront d'un avis contraire à celui du gouverneur de

(1) Le mot n'est pas moderne, comme le prétend M. Trochu.
(Voir *Marmont.*)

Paris. Nous tous, nous avons vu de l'infanterie; mais vous ne vouliez pas montrer ce que vous saviez faire? Votre bulletin constate que l'ennemi n'a pas voulu descendre sur le champ de bataille que vous aviez préparé d'avance dans le but de lui infliger des pertes sérieuses. Ces braves Allemands ont dû bien rire de vous, pauvre monsieur Trochu!

Pour l'affaire de Buzenval, c'est encore lui qui ne le voulait point; les autres lui forcèrent la main. Enfin, un vrai général en chef qui n'accepte la responsabilité d'aucun revers, qui avait tout prévu et qui n'a rencontré que de cruelles déceptions dans son entourage et chez ses collègues!...

O grand général, ô grand génie, homme incompris! tu n'as pas assez de larmes pour pleurer les quelques soldats qui ont été tués au mur de Longboyau, et tu as prouvé d'une manière irréfragable qu'on ne pouvait employer les centaines de milliers de gardes nationaux; nous sommes convaincus, tu es le grand homme, tu as sauvé la France, tu n'as pas capitulé, Gambetta est un paltoquet. Il est plaisant de voir l'insistance que met le général à se vanter de la belle résistance qu'il a faite à la démagogie pendant la durée du siége. Il parle de la capitulation comme d'une chose toute naturelle. Nous sommes bien loin du temps où le maréchal Marmont écrivait ces célèbres paroles qui, hélas! ne se sont pas réalisées :

«

«

«

«

«

«

«

«

«

«

«

Oui, Paris a fait son devoir, il a formé une armée; mais personne n'a su l'inspirer ni la conduire. Que n'avions-nous à notre tête des hommes comme Chanzy et Faidherbe, de ces hommes qui veulent l'impossible et qui l'exécutent souvent? Ce n'est pas avec des canons, mais avec des cœurs qu'on prend des forteresses ; et, pour le malheur de la France, le président du gouvernement et le gouverneur de Paris n'en avaient pas. M. Trochu a capitulé d'après toutes les règles de l'art; c'est la seule matière dans laquelle il ait réellement fourni les preuves d'une compétence remarquable.

Que l'on compare ces jeunes troupes de Faidherbe

n-

à

rs

est

.te

est

o-

in

ait

on

é?

J'aurais préféré tout, oui, même les radicaux, pourvu qu'ils eussent fait donner l'armée de Paris dans une vigoureuse offensive.

J'en dirais trop si je voulais dire tout ce que je pense; je suis certain qu'aux yeux de tous les soldats de cœur le général Trochu a mérité une des peines les plus rigoureuses du code militaire. C'est une mauvaise acquisition pour le ministère actuel; elle va peser, comme un boulet de 48, toutes les fois qu'il voudra se mêler de quelque chose. Les ambitions du faux bonhomme Trochu ne s'arrêteront sans doute pas en si beau chemin, et, habitué à capituler devant tout, même devant toutes les consciences, il fera de même devant un portefeuille, lors même qu'il ne serait pas républicain.

Il est une question de tactique militaire qui me semble être restée non décidée dans cette campagne; non décidée, puisque la majeure partie des articles de journaux, et les mémoires mêmes, publiés par des officiers, attribuent les revers de notre armée à la supériorité de l'artillerie prussienne. Je ne veux pas discuter cette supériorité, n'étant aucunement officier d'artillerie, je voudrais seulement établir que, malgré cette supériorité, nos troupes ont partout abordé l'ennemi, là où on les a laissé faire, même dans la journée du 21 décembre, et que la faute doit retomber sur les généraux si elles n'ont pas été engagées plus à fond.

La longue portée des canons, système nouveau, a fait croire à tort qu'il fallait que les soldats restassent inactifs sous le feu, tant que le combat d'artillerie n'était pas décidé. On a oublié que le canon doit servir à préparer et à soutenir les attaques, mais qu'il ne doit pas être uniquement employé dans la lutte.

Que signifient quelques obus éclatant autour d'une colonne en marche, quand on fait la comparaison de ce qu'elle doit souffrir en restant en place, dès

que l'ennemi a rectifié son tir? Pour celui qui est
familiarisé quelque peu avec l'art de la guerre, il est
hors de doute qu'un feu d'artillerie, même bie
nourri, au-delà de la portée de mitraille, ne cause
que des pertes insignifiantes aux troupes d'attaque
quand elles sont bien disposées. Une ou plusieurs
lignes de tirailleurs suivies de colonnes de demi-ba-
taillons, s'avançant en échelons, offre peu de prise
aux obus, quelque nombreux qu'ils soient. Si, à côté
des troupes ainsi disposées, ce qui est l'*a b c* de la
tactique, l'artillerie fait son devoir, il est très-vrai-
semblable qu'on arrivera à voir l'infanterie ennemie.
En tous temps les troupes d'attaque ne voyaient l'ennemi qui les attendait qu'après avoir franchi des
obstacles de toutes espèces.

Le général Trochu aurait voulu que les Prussiens
fissent défiler leur infanterie devant ses mitrailleuses
à bonne portée. Les dispositions dont je parle sont
des choses tellement élémentaires qu'elles tombent
dans le domaine des lieux communs. Le résultat de
la campagne est dû à l'habileté des mouvements ennemis, habileté qui, il faut l'avouer, a été admirablement secondée par la mollesse et le manque d'audace de notre général en chef. Cette circonstance, au
surplus, semble être une condition nécessaire aux
très-grands succès, même pour les plus grands géné-

raux. La tactique ne me semble donc pas de beaucoup modifiée par l'usage des armes à longue portée ; elle exige seulement un plan bien conçu, une armée *manœuvrière*, des mouvements faits à propos et bien exécutés. Celui qui fait charger à la baïonnette à 2,000 mètres de l'ennemi est un imbécile aussi bien conditionné que celui qui canonnait le Bourget de Drancy, à 1,000 mètres et laissait l'infanterie qu'il avait sous la main dans l'inaction la plus incompréhensible et la plus coupable.

Comparez avec cela la campagne de l'armée de Chanzy, celle de Faidherbe, ou même celle de Bourbaki ; vous verrez ce que valaient les généraux sous Paris.

Le général Trochu est peut-être un éminent stratégiste ; ses mérites sont alors hors de ma portée ; mais à coup sûr, il est un fort mauvais tacticien, il ne sait nullement manier ses troupes. Il peut être bon comme gouverneur d'une ville ; mais c'est un détestable général. Ce qui augmente le lourd fardeau de sa responsabilité, c'est le peu d'usage qu'il a fait de la garde nationale de Paris, troupe, il est vrai, peu habituée à endurer les fatigues et les privations, mais qui a toujours abordé l'ennemi avec beaucoup de résolution partout où on l'a fait donner. On n'a jamais voulu profiter de ses qualités qui étaient ce-

pendant très-appréciables, et qu'un géneral de talent
aurait certainement su exploiter. Les Parisiens sont
très-braves, ne serait-ce que par vanité. On aurait
pu parfaitement utiliser leur désir de se battre, en les
disséminant dans les différents corps d'armée, où,
tout en conservant leurs aptitudes intelligentes, ils
auraient pris le pli du vrai soldat. Il eût été facile de
*tiercer* les bataillons, en les complétant par les compagnies de marche de la garde nationale. Un grand
bien en serait résulté pour tout le monde.

L'enthousiasme patriotique des Parisiens eût donné
du ton à la troupe, et généralisé la conviction que la
lutte à outrance était non-seulement un devoir, mais
encore une nécessité. Les ambitions et les aspirations
personnelles se mettant de la partie, il est probable
que l'armée aurait physiquement et moralement
gagné à cette combinaison. On eût ainsi évité, sans
aucun doute, la désastreuse Commune; le gouvernement du 4 septembre seulement serait tombé plus tôt,
et qui sait ce qui en serait advenu? Je me suis laissé
dire que ce n'est qu'au manque d'énergie d'un de
ses membres, M. Dorian, qu'il a dû sa conservation
après le 31 octobre.

Le général Trochu n'a eu depuis ce jour que deux
préoccupations, la démagogie et son salut personnel.
Les pauvres Prussiens étaient devenus de petits saints

en comparaison de cette canaille qui voulait se défendre à outrance.

En revenant à la tactique de nos généraux parisiens, je dois constater l'emploi défectueux qu'ils ont toujours fait de l'artillerie. Une des conditions d'efficacité de cette arme est la facilité de déplacement et la justesse des positions choisies pour se mettre en batterie. On a abusé autour de Paris des pièces de gros calibre en canonnant à de folles distances les éclaireurs ennemis; — on n'a pas su tirer parti de l'artillerie de campagne; on lui a donné constamment le rôle des pièces de position. Dans tous les combats dont j'ai été témoin, je n'ai pas vu une seule fois l'artillerie se déplacer autrement qu'à la suite d'un feu trop vif de l'ennemi. On se payait de la phrase, que les Prussiens ayant une artillerie écrasante il fallait absolument canonner dans n'importe quelle circonstance, et ne pas se trop rapprocher de l'ennemi pour ne pas tomber sous les feux de leur deuxième ligne d'investissement. Cette absurde coutume allait jusqu'à préparer des surprises par des feux violents pour réveiller l'ennemi. — C'est à faire croire qu'on ne pouvait tuer les Prussiens qu'à coups de canon.

Notre artillerie était tout à fait suffisante; on ne l'employait pas ou on l'employait mal. Tous ceux qui, ont vu faire nos généraux seront de mon avis. La circonspection, la coupable timidité du général en chef ont paralysé toutes nos convictions. Qu'il regarde dans sa conscience et qu'il se juge lui-même Pourquoi la fatalité nous a-t-elle fait apprécier et conserver si tard cette médiocrité dangereuse, quand tant de gens de cœur avaient déjà noblement péri à leur poste pour « l'héroïque folie du général Trochu? » — Je vous maudis, tout Breton et tout bon catholique que vous êtes, au nom de mes camarades, que vous avez fait tuer sans conviction et sans profit. Il y a des chances malheureuses à la guerre; mais un général qui fait tuer du monde uniquement pour échapper à la démagogie ou pour amuser les Parisiens par une canonnade bien conditionnée, est un traître à la patrie et à l'honneur militaire. Un soldat doit faire son devoir de soldat avant tout et malgré tout.

En regardant l'ensemble de cette malheureuse campagne, on ne peut s'empêcher de la comparer à l'héroïque résistance de Napoléon I$^{er}$. Que dire de la défense de Paris d'alors? — Avec quatorze mille hommes on se défendit plusieurs jours, et on ne capitula qu'après avoir tué à l'ennemi un même nombre de combattants. Et ce n'était pas seulement ici le mérite de Napoléon; nous voyons ses lieutenants opérer librement; mais les sentiments d'honneur, de

dévouement à la patrie présidaient à cette résistance.
J'aurais voulu voir le maréchal Marmont, le prince
de Wagram, ou le duc de Tarente à la tête de l'armée
de Metz ou de celle de Paris! — Qui sait ce qui en
serait advenu? En matière de guerre, où l'inspiration
et le hasard amènent des résultats imprévus, il n'y a
presque pas d'impossible; — tandis que nous, au
lieu de généraux habiles, nous n'avions que de « ces
« hommes à phrases, si funestes au succès des af-
« faires dont ils se mêlent. »

On a eu tort de dire qu'à l'heure présente le courage personnel est moins que dans le passé nécessaire
à la guerre. Si de tout temps il a été la vertu et le
devoir du soldat, il l'est bien davantage aujourd'hui
où le courage d'un moment ne suffit plus, et où les
actions héroïques doivent être de longue durée. La
grande portée des armes à feu rend l'abordage de
l'ennemi plus difficile; et une fois le but atteint, les
deux armées se trouvent sous un feu continu, qui
décime aussi bien les réserves que les lignes engagées. Il devient dès lors nécessaire d'avoir de bonnes
troupes, car le courage est d'autant plus méritoire qu'il doit être le résultat nécessaire d'un vrai
sang-froid et d'une bravoure solide. Ce n'est plus le
courage qui, dans un moment d'élan, excite les plus

timides; mais c'est celui de toutes les circonstances,
de toutes les heures, de toutes les minutes.

Il importe au général en chef de prendre des dispositions qui ne mettront pas ses troupes trop à l'é-
preuve. L'immobilité d'une colonne est la position
la plus désavantageuse dans de pareilles conditions.
Le commandant en chef doit savoir faire manœuvrer
ses troupes, comme ces dernières doivent savoir
exécuter ses ordres. Il est de toute évidence qu'une
armée bien manœuvrière, commandée par un chef
qui sait en utiliser toutes les ressources, doit avoir
de succès, même contre des forces supérieures.

De tout temps ilen a été ainsi. Les armes à longue
portée ont rendu le problème plus difficile à résou-
dre; mais elles n'en ont pas modifié le caractère.
C'est une grave erreur de croire que les attaques à
l'arme blanche ne sont plus de saison; il faut seulement les appuyer efficacement. Je me permettrai une
comparaison un peu hasardée de la dernière campagne avec une de celles de Napoléon I$^{er}$: En Égypte,
les efforts désespérés, mais isolés, des Mameluks, venaient se briser contreles murs de l'infant erie française. Les Mameluks ont dû trouver aussi que Napoléon ne leur montrait pas assez son infanterie.

Je pourrais citer beaucoup de charges très-bril-
lantes de l'infanterie et de la cavalerie prussiennes,

couronnées d'un succès complet; mais ces faits ne manquent pas dans les récits des commandants de nos troupes.

Le même défaut est à signaler partout dans notre tactique de combat à l'arme blanche; les troupes engagées ont toujours été trop peu nombreuses, et celles de soutien sont toujours arrivées trop tard ou elles n'ont pas agi du tout. Ce qui est vrai, pour un combat partiel, l'est aussi pour une grande bataille.

On obtient de bons résultats, si l'on habitue les troupes à manœuvrer avec facilité et promptitude. La manière dont les ordres sont transmis et exécutés pèse d'un poids très-sérieux sur le sort d'une bataille. Là, tout est hasard et fortune : cinq minutes d'avance ou de retard, un moment de vigueur ou de défaillance, un ordre bien ou mal compris, un mouvement fait mal à propos ou une manœuvre inspirée par le génie de qui que ce soit, peut changer en quelques instants les chances du combat. Il est donc de toute nécessité que les officiers commandant les corps d'armée ne se laissent pas impressionner par des phrases toutes faites sur la portée de l'artillerie ennemie, et qu'ils tâchent de mériter de nouveau leur réputation d'audace et de supériorité.

Juin 1871.

PARIS. — E. DE SOYE ET FILS, IMPR., 5, PL. DU PANTHÉON.